DÉFI POÉTIQUE.

LA PROVINCE A PARIS

PAR UN CHARABIA-PARISPHOBE

DE VILLENEUVE-SUR-LOT.

Le monde en ta faveur trop longtemps fut trompé;
Tu dois tomber enfin de ton rang usurpé.
Paris, t'humilier est mon ardente envie.
Ta honte est pour moi l'air nécessaire à ma vie.

Debellare superbos.

Courber les têtes altières...

SECONDE ÉDITION,

CONSIDÉRABLEMENT AUGMENTÉE

ET PRÉCÉDÉE D'UNE PRÉFACE.

PARIS.

CHEZ LEDOYEN, LIBRAIRE-ÉDITEUR,

PALAIS-ROYAL, GALERIE D'ORLÉANS.

1841

DÉFI POÉTIQUE.

LA PROVINCE A PARIS

PAR UN CHARABIA-PARISPHOBE

DE VILLENEUVE-SUR-LOT.

Le monde en ta faveur trop longtemps fut trompé ;
Tu dois tomber enfin de ton rang usurpé.
Paris, t'humilier est mon ardente envie.
Ta honte est pour moi l'air nécessaire à ma vie.

Debellare superbos.

Courber les têtes altières...

SECONDE ÉDITION,

CONSIDÉRABLEMENT AUGMENTÉE

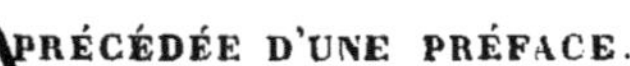
ET PRÉCÉDÉE D'UNE PRÉFACE.

PARIS.

CHEZ LEDOYEN, LIBRAIRE-ÉDITEUR,

PALAIS-ROYAL, GALERIE D'ORLÉANS.

1841

IMPRIMERIE DE E. DUVERGER,
rue de Verneuil, nº 4.

NOTE EXPLICATIVE.

Un journal de Paris (*le Corsaire*), dans son numéro du 18 mai dernier, m'ayant donné le titre de ***Charabia***, j'ai cru devoir l'accepter et le prendre à mon tour. J'ai voulu y joindre celui de ***Parisphobe***, qui est l'expression d'un sentiment profond que je nourris dans mon âme depuis longtemps. Ce nom ainsi composé deviendra mon nom de guerre, et je tâcherai de le rendre fatal à l'ennemi. Il faudra voir si le *Charabia-Parisphobe* des bords du Lot sait chanter aussi bien que les prétendus Orphées des rives de la Seine. Ces heureux détenteurs de la faveur publique, malgré leur supériorité apparente, ne semblent pas avoir la moindre envie de mesurer leurs forces dans une lutte littéraire. Ils ont sans doute de bonnes raisons pour cela ; et c'est de leur part fort prudent peut-être, mais ce n'est pas bien courageux.

DE LA CENTRALISATION

ET DE L'ÉTAT D'OPPRESSION

OU PARIS TIENT LA PROVINCE EN MATIÈRE DE LITTÉRATURE.

On a dû s'apercevoir depuis longtemps que Paris opprimait la province autant en littérature qu'en politique ; et il existe dans le monde des arts une tyrannie bien pesante et bien odieuse. Paris, comme un ravisseur insatiable, s'empare de toutes les voix de la Renommée ; il absorbe toutes les réputations et tous les succès, il ne laisse rien à la province ; et la France entière paraît être son patrimoine exclusif. La France de son côté, complice, quoique victime de cette usurpation intolérable, et pareille à une mère idolâtre, n'a des yeux que pour Paris, n'apprécie que ce qui se fait à Paris, que ce qui vient de Paris, et elle semble marâtre pour la province. Aussi les hommes de Paris se croient d'une nature privilégiée et supérieure, et les artistes de cette ville, enivrés par l'encens continuel de l'adulation que leur prodigue une prévention fanatique, regardent, du haut de leur grandeur, tous les autres artistes qui ne résident à Paris, en parlent avec le plus froid dédain ou la plus insupportable ironie, et semblent appliquer à tout ce qui se fait en province ces mots que Gresset a mis dans la bouche de la fatuité impertinente :

Ce sont d'assez beaux yeux pour des yeux de province.

Il est donc décidé qu'on ne peut rien faire de bien qu'à Paris; et il faut donc aussi dans les arts reconnaître ce principe : *Hors de Paris point de salut.* L'amour-propre des Parisiens croit de bonne foi que :

> Tout le talent du monde est chez eux retiré;

et ils ont pris tout-à-fait au sérieux, tout-à-fait au pied de la lettre ce vers de Molière :

> Nul n'aura de l'esprit que nous et nos amis.

Voilà donc la province déclarée incapable, impuissante et stupide ; et Paris qui s'est décerné à lui-même un brevet de supériorité sur la province. Or, demandez-moi sur quoi est fondée cette prétendue supériorité, et quels sont ces grands talents de Paris que la province ne saurait égaler ou surpasser ; loin de pouvoir répondre à cette question, je sens le besoin de la faire moi-même. Mais il paraît que c'est ici comme quand l'oracle a parlé ; il faut croire sur parole. Il demeure donc convenu que *trente-deux millions de Français* ont moins d'esprit et de talents qu'un *million d'autres Français*, êtres surnaturels dont la destinée doit être de planer dédaigneusement sur tout le reste. Cela ne laisse pas que de paraître un peu étrange à la raison qui examine froidement les choses ; mais dans ce cas, il ne faut point en appeler à la raison; il faut la soumettre ou plutôt en faire une abnégation entière; et alors avec une foi fervente on vient à bout de tout croire. Cependant il est des hommes qui n'en sont pas arrivés là, et qui ne sont pas encore bien convaincus de la supériorité de Paris sur la province; pauvres aveugles dont les yeux sont entièrement fermés à la lumière puisqu'ils ne voient pas Paris comme un soleil et ne s'inclinent pas devant cet astre ! Esprits bornés qui soutiennent que c'est là pour eux une égnime dont ils ne trouvent le mot nulle part, un mystère qu'ils ne peuvent comprendre! Toutefois, comme ce n'est point là un mystère de religion, il n'est pas d'obligation rigoureuse d'y croire. Aussi, sans craindre d'être impies, nous professons, quant à nous, l'incrédulité la plus absolue sur ce sujet, et nous pensons que la supériorité de Paris sur la province n'existe que dans les illusions de l'amour-propre des Parisiens.

Il est vrai qu'il y a à Paris quelques hommes qui occupent toutes les voix de la Renommée et qui font le monopole des réputations; mais c'est parce qu'ils ont eu l'art de s'emparer de la presse qui leur est dévouée, et qui a renoncé pour eux au rôle de juge afin de remplir celui de flatteur. A chacune de leurs publications, cette presse complaisante a des formules d'éloges préparées d'avance et qu'elle prodigue à l'envi dans toutes ses feuilles. Cependant, quand on lit tous ces ouvrages qui ont la vogue, on est tout étonné de la fortune qu'ils ont faite; on ne peut en expliquer le succès que par ce proverbe : *Il n'y a qu'heur et malheur dans ce monde*. Les réputations à Paris se font à coups de journaux, parce que la majorité du public trouve plus commode d'aller chercher là un jugement tout fait que d'examiner un ouvrage avec soin, et que d'ailleurs les grands connaisseurs sont en trop petit nombre pour faire prévaloir leur voix. Il n'y a donc pas de succès possible pour quiconque n'a pas l'appui des journaux, et le talent est la moindre des recommandations auprès des journalistes. La presse est la grande puissance de l'époque, puissance qui s'exerce rarement avec équité. Les journaux disposent en souverains des réputations qu'ils distribuent selon leur bon plaisir; mais toutes leurs faveurs sont pour les hommes de Paris : ceux de province auraient beau faire des prodiges de talent, ils n'attireraient pas un regard, ils n'occuperaient pas l'attention un seul instant. Ce qui fait donc la position littéraire où sont arrivés quelques hommes si étrangement heureux à Paris, c'est que toute la presse est pour eux; voilà tout le secret de leur réputation. La presse peut (du moins pour quelque temps) faire un homme de génie de l'homme le plus médiocre quand il excelle à intriguer. Mais, d'un autre côté, qu'un homme étranger à Paris le surpasse dans tel ou tel art, la presse parisienne, intéressée dans la question, refusera de le proclamer, et même ne voudra pas en convenir; c'est qu'il faut à tout prix, même aux dépens de la vérité, de l'évidence et de l'équité, que Paris, sous tous les rapports, soit déclaré supérieur à tout le reste de la France. Aussi Paris, dans les arts, est comme une hauteur où ceux qui sont arrivés au sommet, n'importe comment, tirent sur les autres pour les empêcher de monter : voilà toute la générosité qu'on doit en attendre.

Il est triste, sans doute, qu'on en soit réduit là; que dans le monde littéraire on ne réussisse que par l'intrigue, et que la carrière de la littérature soit devenue comme un métier de jongleur et de charlatan, où l'on n'obtient des effets qu'à la faveur des prestiges qui trompent les yeux. Bien des gens, sans doute, trouvent leur compte à cela : il est plus facile en effet de descendre jusqu'à l'intrigue que de s'élever jusqu'à la hauteur du talent; et les artistes de Paris n'ont garde de s'interdire un moyen qui, jusqu'à présent, leur a si bien réussi. Ils évitent surtout avec soin d'en venir à une épreuve avec ceux de province : c'est qu'il est plus sûr de se mettre à l'abri derrière une réputation usurpée, que de s'exposer à un parallèle où il faudrait se mettre à découvert, n'avoir plus de secours d'aucun prestige, et tirer tout son appui de ses propres forces. Paris croit devoir se défier des siennes et refuser une lutte avec la province, à peu près comme une armée qui, occupant une position fortement retranchée sur une hauteur, n'ose pas renoncer à l'avantage du terrain, et descendre dans la plaine pour y accepter le combat qu'une autre armée lui présente.

Toutefois, il n'est pas impossible qu'il s'opère une réaction dans l'esprit du public. Si engoué ou si aveuglé qu'il soit en faveur de certains hommes, il peut enfin ouvrir les yeux; et, confus en voyant à quoi se réduit en réalité ce qui excita son admiration, il peut précipiter du faîte les objets de son culte qu'il voulut y placer; et c'est ainsi que les païens se prenaient quelquefois à briser leurs idoles de fureur quand ils venaient à s'apercevoir de leur impuissance.

Paris s'est trop hâté de croire à sa supériorité sur la province : il lui faudra peut-être un jour décompter, car la province ne doit point accepter le rang d'infériorité qu'on veut lui attribuer. Elle a dans son sein des hommes qui ne sont pas disposés à baisser pavillon devant Paris et à reconnaître sa prééminence, et qui ne craindraient pas de prendre l'engagement de tenir dans leur art la province au niveau de Paris, et qui ne croiraient pas en cela faire un prodige. D'un autre côté, Paris s'est montré de tout temps si dédaigneux envers la province, qu'elle a de grandes représailles à exercer, et qu'il serait bien temps qu'elle donnât à l'orgueil de Paris une rude leçon qu'il ne pût jamais oublier. Mais, Paris, comptant sur la prévention de la France en sa faveur, prévention qui fait pour lui comme un rempart à l'abri duquel il espère qu'il ne pourra être forcé, Paris, malgré des attaques réitérées, ne voudra peut-être pas s'exposer à une lutte avec la province, car dans le monde littéraire aussi on peut ne vouloir la guerre à aucun prix. Paris aimera mieux, sans doute, parce qu'il trouvera cela plus sûr, s'envelopper dans son dédain comme dans un manteau protecteur pour couvrir et déguiser sa faiblesse. Reste à savoir si le public voudra être toujours dupe de cette tactique, et si Paris ne sera pas enfin forcé par l'opinion à se soumettre à une épreuve ; et c'est alors qu'il faudra tâcher de venger la province des dédains de Paris, en prouvant que dans les arts il n'est rien moins qu'invincible, et que, si les plus grandes renommées sont à Paris, les plus grands talents sont en province.

Heureux poëtes parisiens! le sort vous fit naître sous un astre bien favorable; il vous a rendus maîtres de la renommée, et elle n'a de voix que pour vous. Si la nature ne vous a pas donné une organisation bien puissante, vous avez reçu en partage cet esprit d'intrigue, ce savoir-faire qui, pour réussir, vaut mieux que le talent. La presse est venue à votre aide, et elle a fasciné les regards du public en votre faveur; et pourtant vos ouvrages sont la plupart du temps la violation flagrante de toutes les règles de l'art et de tous les prineipes du goût : ils ne tendent à rien moins qu'à replonger la littérature dans le chaos; mais néanmoins la France applaudit à tous les écarts et à toutes les débauches de votre imagination déréglée, comme une mère aveugle qui adore tous les caprices de ses enfants gâtés. Heureux poëtes parisiens! la France vous a proclamés des *hommes de génie;* et pourquoi ne croiriez-vous pas mériter ce titre, puisqu'elle a la bonhomie de vous le donner? Vous n'êtes pas obligés d'être plus sévères pour vous qu'elle ne l'est elle-même. Vous n'aurez, il est vrai, qu'une vogue passagère au lieu d'une gloire durable; mais quand la génération actuelle vous applaudit, que vous importe que la postérité vous oublie? L'essentiel n'est-il pas de jouir pendant sa vie des faveurs de la renommée? Il est plus sage, sans doute, de sacrifier l'avenir au présent; et insensés ceux qui prodiguent leur vie pour élever des monuments qui résistent aux siècles, mais dont ils ne doivent jamais recevoir le prix! *Sic vos non vobis.....*

DÉFI POÉTIQUE.

LA PROVINCE A PARIS.

Honte soit au premier dont les stupides cris
Roi du monde des arts proclamèrent Paris!
Il eut un cœur d'esclave adorant une idole,
Et l'orgueil encensé le crut sur sa parole.
Moi qui porte un cœur fier, je dis qu'il a menti;
C'est le cri du combat de ma bouche parti.
Usurpateur altier que l'erreur déifie,
Paris, dans l'art des vers, c'est moi qui te défie!

2

Voyons qui de nous deux, chantant mieux inspiré,
Sait aller jusqu'au ciel ravir le feu sacré.
Voyons quelle est la voix, source de l'harmonie,
D'où sort à plus grands flots le torrent du génie.
Que l'on juge entre nous par qui mieux imité
Racine doit paraître enfin ressuscité.
Qu'on décide aux anciens qui, resté plus fidèle,
Peut encor du vrai beau présenter le modèle.
Paris, je sens toujours, quand je t'entends chanter,
Qu'un combat avec toi n'est point à redouter;
Et quand à ton aspect je vois trembler une âme,
Pour elle je rougis de sa crainte de femme.
Combattons pour savoir qui doit demeurer roi,
Qui de nous deux doit faire ou recevoir la loi.
Il faut, pour le vaincu, qu'elle soit rigoureuse;
Mon âme a trop souffert pour être généreuse;
Il faut que l'un de nous périsse tout entier;
Je ne demande point, je ne fais point quartier.

Tes *grands hommes* sur, qui tout ton orgueil se fonde,

Sont comme les bâtons qu'on voit flotter sur l'onde.
C'est d'eux, surtout, c'est d'eux que l'on peut dire bien :
De loin c'est quelque chose et de près ce n'est rien[1].
Je me suis approché pour voir tous ces *grands hommes*
Dont on fait tant de bruit dans le temps où nous sommes.
J'ai vu qu'il est aisé de marcher leur égal ;
Car leur fausse grandeur vient de leur piédestal.
Ils n'ont jamais souffert les assauts du génie;
Jamais leurs douces nuits n'ont connu l'insomnie.
Le Dieu leur épargna sa puissante fureur ;
Ils n'ont jamais frémi d'une divine horreur,
Et l'inspiration, dans leurs tranquilles âmes,
N'a jamais allumé ses dévorantes flammes.
Ils n'ont qu'à s'endormir d'un paisible sommeil ;
Des triomphes vendus attendent leur réveil ;
Et c'est à la faveur des cent voix de la presse
Que la gloire les berce au sein de la paresse.
Et moi qui du poëte ai senti les transports,

(1) Vers de La Fontaine, liv. IV, fable x.

Le succès a toujours fui mes constants efforts.
Pourtant j'ai prodigué ma vie en longues veilles
Pour trouver des accents qui charment les oreilles.
Dans le monde des arts paria malheureux,
Le travail est pour moi quand le prix est pour eux.
Ce prix ne leur est pas de pénible conquête;
La palme pour leur front est toujours toute prête.
Sur des chemins de fleurs ils n'ont eu qu'à marcher,
Et des succès tout faits sont venus les chercher.
Soldats qui sans combattre obtiennent la victoire,
Le préjugé public leur fait toute leur gloire;
Fainéants couronnés qui, dispensés d'exploits,
Se trouvent, en dormant, portés sur le pavois!

Le vulgaire a crié trop longtemps au prodige;
De cette gloire vaine abattons le prestige;
Et, pour nous affranchir de leur joug odieux,
Renversons aujourd'hui les autels des faux dieux.
O Paris! en voyant ce qu'en toi l'on admire,
De pitié bien souvent je me pris à sourire.

Malgré ta renommée, et malgré ton orgueil,
Va, pour te mesurer il ne faut qu'un coup d'œil!
Paris, comme le paon, ignorant l'harmonie,
Tu ne peux étaler qu'un orgueil sans génie.
La raison doit détruire, en imposant sa loi,
L'absurde préjugé qui te proclame roi.
Royauté dont le joug courbe les fronts timides,
Va, tu ne peux compter que des sujets stupides!
L'ignorance à genoux, dans son culte pieux,
Ne t'offre son encens qu'un bandeau sur les yeux.
Paris, fantôme vain, colosse aux pieds d'argile,
Je briserai d'un coup ta royauté fragile.
Tes succès sont pour moi des titres imposteurs;
Je vois dans tes héros bien des usurpateurs;
Je veux tous les saisir, les renverser du trône,
Et fouler sous mes pieds leur sceptre et leur couronne.

La mamelle où mes jours furent d'abord nourris
Me versa dans son lait la haine pour Paris.
Cette haine en mon cœur vit ardente et profonde;

L'hydrophobe n'a pas autant d'horreur pour l'onde!
Et pourtant de ce nom j'entends partout le bruit;
Comme un pouvoir fatal sans cesse il me poursuit.
Pour un cœur opprimé c'est un mal bien funeste
Que d'entendre vanter partout ce qu'il déteste.
En faveur de Paris je fus déshérité;
Succès, honneur et gloire, il m'a tout emporté!
La France, cependant, est bien aussi ma mère;
Mais elle m'a maudit pour n'aimer que mon frère.
Sa main, constamment prête à me jeter l'affront,
De gloire sous mes yeux lui couronna le front.
Ma haine alors grandit au sein de ce contraste.
Nous devons rappeler les enfants de Jocaste,
Quand je viens réclamer à mon fier oppresseur
Cette part de mes biens dont il est ravisseur.

Paris, j'ai retenu le nom de tes victimes,
De mes enfants perdus au fond de tes abîmes,
Mercœur, Roulland, Moreau, que tu n'as point compris,
Malheureux insensés! morts de tes froids mépris.

Ah! que leur souvenir comme un remords te pèse!
Que leur vengeance crie et jamais ne s'apaise!
Mais la faiblesse était le défaut naturel
Des cœurs que ton dédain frappa d'un coup mortel.
Ah! d'un vers implacable ardents à te poursuivre,
C'est pour t'humilier qu'ils devaient savoir vivre.
Ce dut être le but attirant tous leurs pas;
Je vais faire aujourd'hui ce qu'ils ne firent pas.
C'est une guerre à mort que mon cœur te déclare.
Un océan de haine est là qui nous sépare;
Mais de le traverser j'ai d'abord entrepris
Dans mes deux bras croisés pour étouffer Paris.
Paris, comme l'oiseau qui porte le tonnerre,
Plonge l'œil sur l'objet qu'il déverse à sa serre.
Ainsi, dans tout le cours de ta prospérité,
Ma haine du regard ne t'a jamais quitté.
Je te vis de la France usurper le suffrage;
Et moi, je m'abreuvais de mon fiel avec rage;
Mais chacun des tourments qui s'attachaient à moi
Concevait dans mon cœur un outrage pour toi.

Ce cœur, sous le mépris, flétri par la souffrance,
A dévoré ses maux en couvant la vengeance.
Mes affronts, tes succès, ma honte et ton éclat,
Paris, j'ai tout souffert pour le jour du combat.

Mais ce jour, absorbant tous les vœux de ma vie,
Ce jour est arrivé, si lent pour mon envie.
Dans mon âme vieilli mon fier ressentiment
Y fut enraciné bien plus profondément.
Viens! et que ma fureur te saisisse et t'embrasse!
Le combat entre nous est un combat sans grâce;
Et lorsque tu seras serré contre mon sein,
Tu n'y pourras sentir battre qu'un cœur d'airain.
Ce cœur, qui reste sourd au cri de la nature,
Ne sent que le besoin de venger son injure.
Te flétrir est le but de mon constant effort.
Mon honneur est ta honte et ma vie est ta mort.

Tels que deux prétendants se disputant un trône,
L'objet de tous nos vœux est la même couronne;

Elle ne peut briller sur nos fronts à la fois,
Et le monde des arts ne peut avoir deux rois.
La gloire, ce n'est point un vulgaire héritage
Dont nos deux cœurs jaloux puissent faire un partage;
La gloire, cette idole objet de nos travaux,
Est comme une beauté qu'adorent deux rivaux.
Ennemis acharnés, leur état est le nôtre;
Pour le bonheur de l'un il faut la mort de l'autre.
Notre haine est pareille et ne saurait changer,
Et l'air même entre nous ne peut se partager.

Cependant je te vois triomphant sur le faîte.
De succès et d'honneurs on t'a chargé la tête,
Et ton nom retentit, en tous lieux répété;
Il ne manque à ton sort que d'être mérité.
Ce n'est que sur l'erreur que ta gloire s'érige;
On t'a fait un grand nom qui n'est qu'un vain prestige.
Mais le jour du champ-clos quel sera ton soutien?
Là le talent est tout et le nom n'est plus rien.
De tes chants si vantés pour couvrir la faiblesse,

Tu n'auras plus alors les cent voix de la presse.
Le jour où tu seras seul et réduit à toi,
O Paris! ce jour-là doit te remplir d'effroi.
C'est qu'au fond de ton cœur, et malgré ta jactance,
Pour combattre au grand jour tu sens ton impuissance.
Cherchant, comme un voleur, les ombres de la nuit,
Tu sais, pour échapper au bras qui te poursuit,
Te cacher dans ton nom comme dans un asile;
Tu fuis comme autrefois Pâris devant Achille;
Mais je crois parvenir à te saisir enfin,
Car je te poursuivrai sans relâche et sans fin.

C'est que je ne saurais supporter ton audace.
Sans doute tu ne veux que la première place.
Si c'est ton sentiment, voici quel est le mien :
Le premier après toi c'est être moins que rien.
J'ai toujours admiré qu'une aveugle ignorance
T'ait permis jusqu'ici de régner sur la France.
Quand on voudra peser tes titres et tes droits,
Et ton trône et ton nom tomberont à la fois.

Moi, je veux t'arracher ton sceptre héréditaire ;
Je veux rendre du Lot la Seine tributaire.
Je veux faire paraître aux yeux qu'ils ont séduits
Tes grands hommes du jour à leur valeur réduits,
Et de tout leur clinquant dépouillant leurs ouvrages,
Dans cette nudité j'exposerai leurs pages.
Les grands noms mal portés tombent en s'écroulant.
Le succès ne saurait tenir lieu de talent.
Dans les arts la justice est aussi bien tardive ;
Elle arrive à pas lents, mais enfin elle arrive.
Le monde, en ta faveur, trop longtemps fut trompé;
Tu dois tomber enfin de ton rang usurpé.
Paris, t'humilier est mon ardente envie;
Ta honte est pour moi l'air nécessaire à ma vie !
Tu te flattais de voir ton règne éternisé,
Fantôme de grandeur qu'on a divinisé ;
Et moi, plein de dédain pour ce culte frivole,
Jusque sur son autel j'irai briser l'idole;
Et lorsque les débris en seront dispersés,
Peut-être ouvrira-t-on des yeux désabusés ;

Paris verra tomber son règne despotique,
Et perdra le tribut d'un encens fanatique.
Malfilâtre, Gilbert, tous deux abandonnés,
Vous aurez un vengeur, mânes infortunés!
La ville au cœur d'acier doit à votre mémoire,
De ses lauriers flétris l'offrande expiatoire.

Paris, toi dans les arts qui te dis sans égal,
Fier tyran, à ton tour courbe ton front vassal.
Viens, avec une main à l'opprobre attachée,
Traîner, nouvel Aman, le char de Mardochée.
Tu te montres bien vain en te croyant bien fort;
Il te manque un génie au niveau de ton sort.
Porteur déshonoré d'une gloire brisée,
De l'Europe ton nom deviendra la risée.
Ton orgueil crut la lyre esclave de ta loi,
Mais ses cordes souvent sont rebelles pour toi.
Dans l'arène des arts quand tu voudras descendre,
Elles ont des secrets que l'on pourra t'apprendre.
Viens pour voir qui de nous, par ses heureux efforts,

En saura mieux tirer de magiques accords.
Les chances sont pour toi, t'invitant à combattre;
Le public de tes chants est toujours idolâtre...
Et moi, sortant de l'ombre où j'ai toujours vécu,
D'avance ce public va me croire vaincu.
N'importe!... Qu'à l'instant on fasse ouvrir la lice ;
Que de la honte aussi s'apprête le calice.
Paris, à la faveur d'un arrogant dédain,
Voudrais-tu te soustraire à mon défi hautain?
Prends garde que ton âme ainsi ne se décèle ;
Le dédain de la peur est un masque infidèle.
Ce lâche sentiment viendrait-il t'assaillir?
Crains-tu dans le champ-clos de voir ton cœur faillir?
N'y pourrai-je trouver un reste de courage?
Je crois pourtant bien loin avoir poussé l'outrage.
Mais si rien sur ton front ne fait rougir l'honneur,
Alors cours embrasser les autels de la Peur.
Tremblant comme Cacus dans ses flots de fumée,
Ne cherche ton abri que dans ta renommée.
Derrière ce rempart voudrais-tu te cacher?

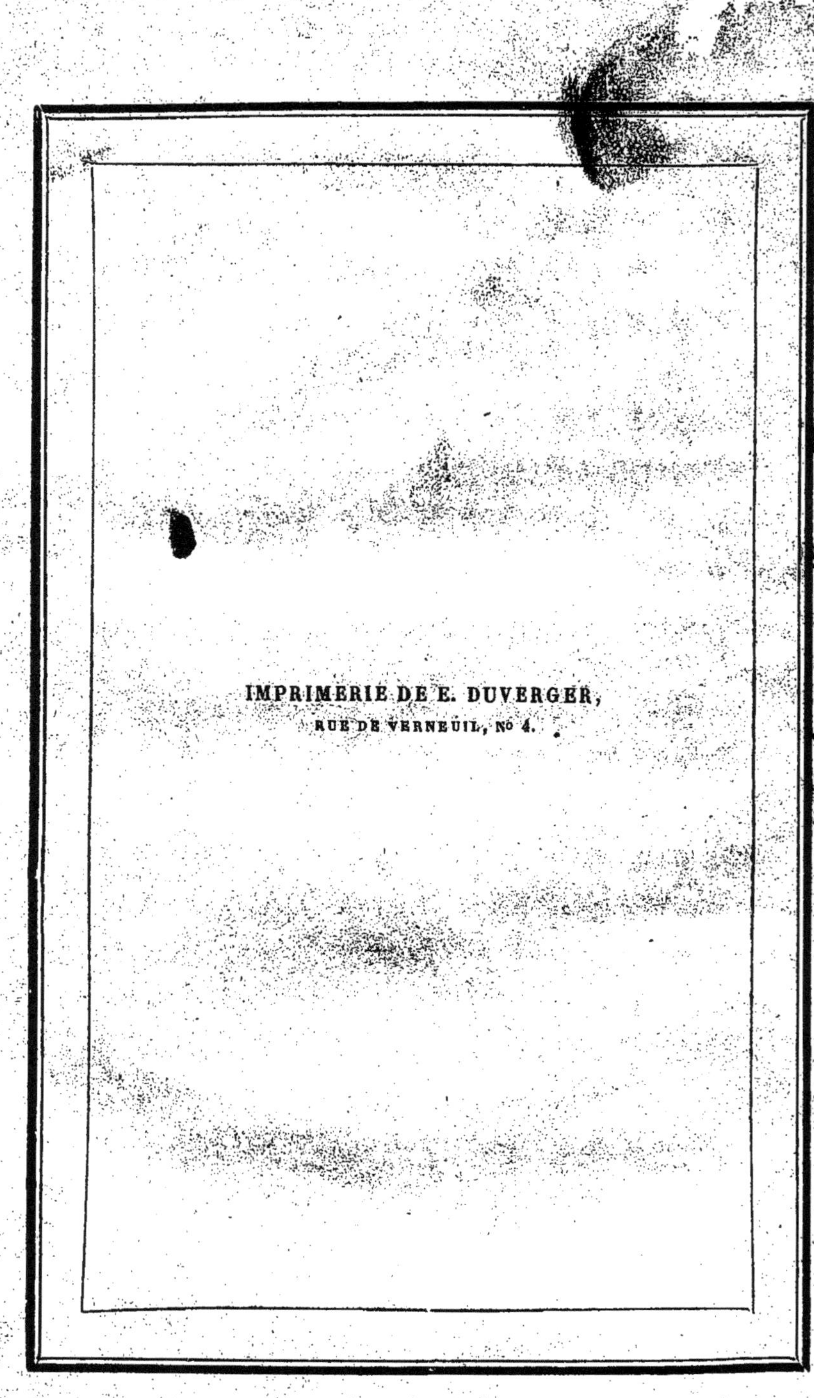

IMPRIMERIE DE E. DUVERGER,
RUE DE VERNEUIL, N° 4.

www.ingramcontent.com/pod-product-compliance
Ingram Content Group UK Ltd.
Pitfield, Milton Keynes, MK11 3LW, UK
UKHW021205230726
13926UKWH00001B/319